LA TRÁGICA HISTORIA DE
MARÍA

Clara Ramírez

Reservados todos los derechos. No se permite la reproducción total o parcial de esta obra, ni su incorporación a un sistema informático, ni su transmisión en cualquier forma o por cualquier medio (electrónico, mecánico, fotocopia, grabación u otros) sin autorización previa y por escrito de los titulares del copyright. La infracción de dichos derechos puede constituir un delito contra la propiedad intelectual.

El contenido de esta obra es responsabilidad del autor y no refleja necesariamente las opiniones de la casa editora. Todos los textos e imágenes fueron proporcionados por el autor, quien es el único responsable sobre los derechos de los mismos.

Publicado por Ibukku
www.ibukku.com
Diseño y maquetación: Índigo Estudio Gráfico
Copyright © 2021 Clara Ramírez
ISBN Paperback: 978-1-64086-978-3
ISBN eBook: 978-1-64086-979-0

Índice

Introducción	5
Decepción de María por su madrina Ana	11
La gran lucha de María	17
Un golpe más para María	25
Engaños que Leandro le hacía a María	29
Viaje inesperado de María	33
Insinuación a María	39
Caridades de María	43
Peligroso huracán	45
Perros peligrosos	49
Golpiza que María recibió de su esposo	57
Tragedia de muerte en la vida de María	63
Una tragedia más para María	67
Leandro traicionó a su amigo	69
Acto humano que hizo María	73
Sacrificios por sus hijos	79
Bondades de María	81
María entre la guerra en el agua	83
A punto de dar a luz	87
Compasión de María con las personas desamparadas de la calle	89
Conclusión	91

Introducción

Esta historia está basada en una mujer real que fue muy valiente y de muy buen corazón. Su valentía la fue adquiriendo por sí sola, con los golpes que la vida le dio. Ella aprendió a sobrevivir en un mundo lleno de tragedias y dolor, por esa razón fue una mujer admirable. Era tan grande su corazón y su bondad, que no le importaba quedarse sin comer para ayudar a los más necesitados.

Esta mujer fue única, como ella no hay muchas y, además, ella también se daba mucho a respetar con la gente, era muy honrada, tenía muy buenos valores y muy buen corazón.

Una mujer que se crió huérfana de madre. Es una mujer admirable, fuerte y muy sufrida. Esta mujer, cuyo nombre es María, se quedó huérfana desde el momento en que nació. Su madre, de nombre Andrea, murió a los pocos minutos de que ella nació; desgraciadamente en esa época no había doctores y una gran mayoría de mujeres morían al momento de dar a luz porque no recibían ningún tipo de atención médica. Desde ese momento María quedó desamparada y empezaron sus sufrimientos. Su padre no le daba la atención necesaria como un bebé recién nacido requiere, debido a que él trabajaba mucho diariamente. María tenía una tía de nombre Martha, la hermana más chica de su padre. Martha nunca se casó y vivía con el padre de María en la misma casa, y por esa razón ella la atendía, aunque algunas veces se le olvidaba que en la casa había una niña pequeña. Su tía Martha le platicó que algunas veces María permanecía horas sin comer porque a los miembros de la familia, que eran su padre, la madrasta Estela, Martha la tía y Concha, la hermana mayor de María, eran los adultos que había en la casa porque los otros tres hermanos de María estaban pequeños. Después de que María llegó a ser una señorita de 15 años, su tía Martha le contó que algunas veces, cuando ella iba a verla al cuarto cuando era un bebé, donde María estaba recostada sobre el piso, que ya casi estaba muerta de hambre y frío, que su cuerpo ya estaba tieso e inmóvil por falta de atención. Su tía le hizo saber también que ella le abría la boca para darle unas gotas de leche forzándole los labios para que María abriera la boca y que pudiera tomar un poquito de leche, y que al empezar a caerle unas gotas a María dentro de la boca, ella empezaba a abrir sus ojos y a mover su cuerpo porque casi se moría de hambre. Fue un milagro que María halla sobrevivido, porque su tía también le platicó que cuando tenía un mes de nacida, una vaca le pisó la pierna derecha. En ese entonces su padre tenía ganado y como no les tenían corrales especiales para separar a los animales de la casa en un lugar seguro, pues los animales tenían acceso a entrar a la casa donde ellos vivían. El lugar donde el ganado habitaba eran los patios de las casas, por esa razón, la vaca que pisó a María pudo entrar a la casa con facilidad y esa fue la causa de que el animal entrara hasta la recámara donde María estaba tirada sobre el suelo durmiendo. Martha se dio cuenta del accidente de María después de tres horas de que había ocurrido. Fue a ver a María y cuando entró al cuarto donde estaba la niña tirada sobre el piso, cuál fue su sorpresa, que María tenía su pierna destrozada y desangrada; ya había pasado demasiado tiempo e inmediatamente Martha agarró unas plantas medicinales, las cuales conocía muy bien y les tenía mucha fe. Las coció, le lavó la herida con el agua en la que coció las plantas y también le dio agua a tomar. Como un milagro, después de unos días la herida de la pierna de

María empezó a sanar. Dios ayudó a María y la suerte le favoreció para que la herida no se le infectara, a pesar de que no tuvo ningún cuidado médico.

Decepción de María por su madrina Ana

También, otro de los momentos difíciles en la vida de María durante su infancia, fue cuando ella tenía diez años y se mudó a vivir a la casa de su madrina, cuyo nombre era Ana. María fue la más pequeña de cinco hermanos, estos miembros de la familia fueron cuatro mujeres y un hombre. Como María era la más pequeña de la familia, se vio en la necesidad de irse a vivir con su madrina Ana, porque ella necesitaba cariño y apoyo, lo cual no tenía con su padre. Él se casó con una mujer que era muy joven y bonita, su nombre era Estela; esa mujer no quería que María estuviera con ella en su casa, la corría de la casa de su padre y no quería que agarrara nada de comida para alimentarse. María esperaba a que su padre llegara de trabajar del campo para acercarse a la mesa a comer con él.

El nombre del padre de María era Jacinto. Él era un hombre de carácter fuerte, muy trabajador e inteligente. Todos los días salía a trabajar desde las cinco de la mañana hasta las siete de la tarde. Jacinto murió a la edad de noventa y ocho años, a esa edad todavía montaba a caballo y sembraba la tierra con un arado, que era un instrumento hecho de fierro y en la parte de abajo tenía un pico y al ponerlo sobre el suelo y sostenerlo con fuerza, los caballos lo jalaban porque iba amarrado a la silla de montar de dos caballos. Al caminar los caballos, una persona lo sostenía y al jalarlo hacia adelante levantaba la tierra y hacía una línea un poco profunda y en esa línea sembraban diferentes clases de semillas como maíz, trigo, etcétera, etcétera. Seguramente María sacó la energía de su padre para trabajar.

Su padre hizo una gran fortuna, compró muchos terrenos y tenía mucho ganado. Por lo tanto, como él trabajaba tanto no se daba cuenta de cómo Estela trataba a María, su pequeña niña. María pensó que, al irse a vivir con Ana, su madrina, terminarían sus sufrimientos, pero desgraciadamente aumentaron. Desde el primer día en que María llegó a la casa de Ana, ella la trataba muy mal y le empezó a dejar todas las responsabilidades de la casa. Ella le exigía que hiciera todo el trabajo de la casa. El trabajo era mucho, ya que su familia era muy grande pues ella tuvo diez hijos. Ana le exigía a María que todo el trabajo quedara a la perfección y cuando no le gustaba algún detalle del trabajo que María le hacía, la golpeaba con un palo en diferentes lugares de su cuerpo. La mayoría de las veces que Ana golpeaba a María le dejaba moretes por todo su cuerpo y heridas sangrando por los golpes que recibía. Muchas veces el esposo de Ana, al ver que ella golpeaba a María sin piedad, le decía que ya no le pegara, pero ella ignoraba la orden que el marido le daba y continuaba golpeándola sin piedad alguna. Desafortunadamente María no tuvo quién se compadeciera de ella, porque lo que su madrina Ana hizo con ella fue algo inhumano que merecía que la hubieran encerrado en la cárcel por toda su vida.

Cuando María decidió irse a vivir con su madrina Ana, ella estaba muy contenta porque la madrina era muy cariñosa con ella, le daba regalos y la invitó a su casa de muy buena manera y después de que ya vivía con ella todo fue diferente; su madrina nada más la invitó para tenerla de esclava. Desgraciadamente la cultura, pobreza, ignorancia y falta de gobierno en muchos países, hacen que surjan muchos abusos y crímenes que la mayoría de las veces se quedan impunes.

La situación que María vivía en la casa de su madrina la impulsó a casarse a temprana edad y como ella pensó que casarse sería una buena manera de escapar de la casa de su madrina, se fue a vivir con su novio. Como ella no tuvo ningún apoyo de madre ni de padre se vio obligada a tomar esa decisión, ella pensó que al casarse terminarían todos sus problemas, pero desgraciadamente se le incrementaron aún más, porque el esposo nunca la quiso ni la supo valorar; él le decía que no la quería, que únicamente se había casado con ella porque el papá de María se la había ofrecido, que porque ningún hombre la quería. También María sufrió mucho con la pérdida de su hermano Rodrigo, porque él tomaba mucho alcohol diariamente y María tenía que recogerlo porque aparte de que a él le gustaba mucho tomar, también peleaba mucho con los mismos amigos con los que tomaba. Eso aumentaba la preocupación de María, ya que algunas veces ella salía a recogerlo para llevarlo a su casa y varias veces, en el momento en que María llegaba a las cantinas, le tocaba presenciar y participar en algunas peleas de él con hombres que tomaban con él mismo. Una de las razones por las cuales el hermano de María peleaba, era porque al ver que algunos amigos peleaban, él les ayudaba a defenderse dándoles golpes o a detenerlos para que ellos no pelearan. Una vez un hombre iba a golpear al hermano de María y ella le dio unas cachetadas y así pudo evitar que golpearan a su hermano Rodrigo. Tanta era la preocupación que María sentía por su hermano que ella salía a buscarlo a diferentes horas de la noche sin importarle los peligros que ella tuviera que enfrentar. Una vez ella iba caminando por la calle, eran las doce de la noche y como en aquellos años del 1915 no había luz eléctrica en ese lugar, ella se llevaba una antorcha encendida para alumbrar su camino en la calle.

Una vez unos hombres trataron de robársela porque la vieron caminando sola a esas horas de la noche, pero ella esa vez cargaba un rifle y les disparó; los hombres corrieron a esconderse y María los enfrentó con valentía y continuó su camino para recoger a su hermano y llevarlo a su casa.

En ese entonces, en los años 1915, María ya estaba casada y aunque su esposo le decía que no saliera, ella no lo obedecía porque le preocupaba su hermano, pues ella sabía que cuando él tomaba andaba en constante peligro, por esa razón ella salía a buscarlo; ella tenía miedo de que él muriera de frío durmiendo en la calle.

Una vez él duró perdido por una semana, no sabían de él y María salía a buscarlo todos los días. Algunas veces su padre la acompañaba y otras veces ella salía a buscarlo sola por los ranchos circunvecinos. Una vez lo encontró tirado cerca de un río como a unos diez kilómetros de retirado de su rancho donde María y su hermano vivían llamado Los Guayabos en el estado de Guanajuato, México. María logró encontrarlo porque caminaba largas distancias y preguntando a la mayoría de las personas que encontraba en la calle y también ella tocaba muchas puertas para preguntar por él. Por fin logró obtener información de un niño que encontró en la calle en un rancho llamado "La estrella", ese niño de doce años solía llevar a su ganado a pastar para que comieran en las praderas y le dijo a María que había visto a un señor tirado cerca del río en los montes, que estaba muy enfermo y María se dirigió al lugar donde el niño le dijo y logró encontrarlo. Lo recogió, les pidió a unos señores que estaban trabajando en sus tierras que la ayudaran a llevarlo a su casa y ellos la ayudaron; por suerte ellos tenían una carreta que jalaban con caballos, lo subieron y lo llevaron a la casa de María, donde ella vivía con su esposo. Como María no tenía dinero para pagarles a los dos señores que le llevaron a su hermano a su casa, les dio cuatro gallinas. Ella cuidó a su hermano, lo curó con hierbas medicinales y logró que se le quitara la fiebre y después de unos cuantos días él se recuperó. El padre de ella no se preocupaba mucho por su hijo de nombre Rodrigo, ni las hermanas de María, ella era la única que se preocupaba por él. Él tenía esposa y dos hijos, pero no se preocupaban por él. María sí lo quería mucho y podría dar la vida por él. Su hermano quedó muy agradecido con ella y también la quería mucho. María recordaba que cuando eran chicos y vivían en la casa del padre de María, él agarraba comida de la que cocinaba su madrastra y se la daba a ella. Por esa razón, María lo quería mucho.

La gran lucha de María

La ardua lucha de María por sacar adelante a su familia continuaba porque ella hacía todo lo posible por sí sola, porque el esposo no se preocupaba por la familia que tenía. Él únicamente se dedicaba a pasear por diferentes lugares del país conociendo nuevos lugares y paseándose con mujeres públicas, olvidándose por completo de sus responsabilidades. Ese motivo era un gran obstáculo para que María pudiera ser feliz, por lo tanto, ella tenía que ingeniárselas para darles de comer a sus hijos, ya que eran diez. Ella criaba gallinas, puercos y vacas para sobrevivir. María dejaba a sus hijos solos en su casa para irse a trabajar a su terreno. Su hija más grande, de nombre Luz, cuidaba a sus hermanos y les preparaba la comida; ella cocinaba con leña en un fogón, como le nombraban a un banco de piedra en forma de mesa y en la parte de arriba le ponían unas piedras en forma de círculo, le ponían leña en la parte de abajo y de esa forma su hija Luz les cocinaba la comida. María trabajaba en el campo, en un terreno que ella compró con un poco de ayuda de su padre y de un ganado que vendió. Todos los días iba a trabajar a su terreno, su esposo la acompañaba algunas veces. Él trabajaba muy poco y mientras ella trabajaba él dormía y leía diferentes libros y revistas debajo de un árbol. María cortaba zacate con azadón y con un machete para limpiar la tierra y así el maíz y el trigo que sembraban pudiera lograr una buena producción, y después de que ella trabajaba por varias horas se regresaba a su casa caminando muy cansada, mientras que su hija Luz ya le tenía la comida lista. Es increíble que siendo Luz tan pequeña cuidara de sus nueve hermanos, ella tan sólo tenía diez años y a esa corta edad se hacía responsable de cuidarlos a todos cocinando con fuego. Ella se exponía demasiado al peligro acercándose a cocinar muy cerca del fuego. Además, su padre no le arrimaba madera seca, que nombraban leña, para que ella cocinara. Ella salía a la calle y agarraba ramas de árboles que los terrenos vecinos usaban para las divisiones de sus cercas en sus terrenos, con temor de que los dueños de los terrenos la miraran y le dijeran algo, pero la necesidad de cocinarle a sus hermanos la hacía exponerse a que los dueños de los terrenos la vieran y la insultaran. En esa época la mayoría de los hombres llevaban a sus casas árboles secos y hacían leña y el esposo de María nunca arrimaba nada a la casa, por esa razón Luz se veía obligada a robar ramas secas. Esa época fue muy difícil para Luz, porque ella no tenía amigas cerca de su casa; estaba muy sola el área donde ellos vivían, no había casas a los alrededores, únicamente estaba una sola casa en la cual vivía una señora de edad avanzada y además la casa en la que vivía María con sus hijos estaba en muy malas condiciones, el techo se estaba cayendo y era muy peligroso vivir en ella.

María y su esposo compraron una casa a los cuantos años de casados donde estaba el área más poblada, pero el esposo de ella la vendió y compró esa casa donde Luz se quedaba sola con sus hermanos en un área muy sola. Si el esposo de María no hubiera vendido la primera casa que tenían, Luz no hubiera tenido que pasar preocupaciones de estar tan sola, sin amigas y sin vecinos, y tal vez su situación habría sido diferente. En ese entonces, cuando Luz cuidaba a sus hermanos, no tenía el apoyo de nadie. Ella casi siempre estaba sola, al pendiente de sus hermanos pequeños. Una vez Luz vio a un hombre rondando su casa ella únicamente tenía catorce años y como era muy bonita y tenía buen cuerpo, había muchos muchachos interesados en ella. Esa vez Luz observó a un hombre que pasaba varias veces por enfrente de su casa y ella presintió que ese hombre tenía malas intenciones y pensó que a lo mejor quería robársela, como era muy común en aquellos años de 1930 en que los hombres se robaban a las mujeres a la fuerza. Luz tuvo mucho miedo y se salió con sus hermanos a la casa de una prima de su mamá. Luz esperó el momento oportuno para poder salir de su casa. Cuando vio que el hombre se retiró un poco de enfrente de la puerta de su casa aprovechó para salir corriendo con todos sus hermanos con el temor de que aquel hombre la atrapara. Lo que a ella la ayudó fue que en ese momento en que el hombre se retiró un poco de la casa, pasó un señor que vendía ollas de barro y cuando el hombre que se quería robar a Luz vio a ese hombre que se acercaba a la casa, se escondió en unos arbustos que estaban cerca y en el momento en que Luz salió de su casa el hombre salió de entre los arbustos y empezó a perseguir a Luz, pero ella corrió lo más rápido que pudo y de esa forma logró escapar de las garras de ese mal hombre y de esa manera pudo evitar que el hombre lograra sus malas intenciones.

Por suerte, Luz alcanzó a llegar a salvo a la casa de la prima de su mamá, que estaba como a medio kilómetro de distancia. Luz logró escapar de las garras de aquel hombre y cuando llegó a la casa de la prima de su mamá estaba muy asustada y la prima le preguntó qué si que le había pasado y ella le explicó todo a la señora de nombre Pancha. Ella la pasó a su casa y le hizo un té para que se lo tomara y se tranquilizara. Al caer la noche, la señora Pancha acompañó a Luz con sus hermanos a su casa. También los acompañó el esposo de Pancha, porque tenían miedo de que en el transcurso del camino a casa de Luz le fuera a aparecer de nuevo el mal hombre y se robara a Luz. El señor esposo llevaba una pistola para defender a Luz por si el hombre se aparecía de nuevo en el camino.

Cuando llegó la madre de Luz a casa, ella le contó lo que le había sucedido y su madre se preocupó mucho y le dijo: «Hija, yo qué puedo hacer si necesito trabajar y no puedo llevármelos a todos a la labor donde yo trabajo». María pensó que cambiarse de casa sería la mejor solución. María pidió prestada una casa en un lugar céntrico donde había varios habitantes. María empezó a arreglar la casa junto con su hija Luz porque la casa estaba muy destruida. Luz y María arrimaban los materiales necesarios para arreglar la casa: piedras, adobes de tierra, agua y pedazos de madera para poder arreglarla y habitar en ella. Ellas trabajaban arduamente para que la casa estuviera en buenas condiciones para vivir en ella, ya que era urgente mudarse lo antes posible, porque María tenía que continuar trabajando para sostener a su familia y así dejar a Luz cuidando de sus hermanos en un lugar más seguro, porque luz vivía en constante sufrimiento en esa casa que estaba tan distante de la población. Luz pensaba a dónde podría acudir en caso de una emergencia, y por si hubiera sido poco y para su mala suerte, en ese entonces no había luz eléctrica ni teléfono, ni medios de transportación como ejemplo; carros, o camionetas, ni agua corriente en las casas. Incluso, Luz también tenía que ir a sacar agua de un pozo que tenía su abuelo en un terreno que estaba enfrente de la casa de sus padres. Ella sacaba el agua del pozo jalando una cubeta amarrada con un lazo, aventaba la cubeta al pozo de agua y enseguida la jalaba para que subiera la cubeta con el agua. Era muy peligroso para una niña de tan solo diez años sacar el agua del pozo, porque además de que ella era muy pequeña estaba sola en ese lugar, ya que el pozo estaba situado como a media milla de retirado de las casas. Si ella se hubiera caído al pozo alguna vez, nadie podría ayudarla porque aunque ella gritara, nadie la podría escuchar por la distancia que había de retirado de las casas. Aun cuando ella sabía nadar a esa corta edad, no iba a poder sobrevivir flotando por horas o días, hasta que de casualidad fuera otra persona a agarrar agua y eso si ella no perdía el conocimiento con algún golpe que podría haber recibido al caer, ya que el pozo tenía como unos doce metros de profundidad.

Siempre que Luz y sus hermanos estaban solos en su casa, antes de que llegara la noche, Luz preparaba la cena para sus hermanos y llevaba las ollas de comida a la recámara de la casa. Todos ellos se iban a esa recámara porque tenían miedo de estar solos por la noche. Esa era la única habitación que tenía puerta en la casa y ahí ellos esperaban a sus padres todos juntos, encerrados en el cuarto, con miedo y con tan sólo una pequeña luz que les daba una linterna llamada "aparato"; éste funcionaba con petróleo, era un pedazo de tela tejida, se ponía dentro de la base de la linterna y se humedecía con el petróleo, y al ponerle fuego se mantenía encendida produciendo una pequeña luz de fuego. Una vez Luz cocinó una olla grande de atole de harina de trigo y la llevó al cuarto donde estaban todos sus hermanos. Ese lugar era tan querido por ellos, pues era su refugio. Siempre que se encontraban solos en la casa, ellos sentían que ahí estaban seguros, con la puerta de madera cerrada, mientras esperaban a que sus padres llegaran del trabajo. Ese día Luz llevó el atole a la recámara, lo puso en el piso cerca de una cama y sus hermanos empezaron a jugar y Perla, la más pequeña de sus hermanas, se subió a la cama y saltó al piso cayendo sobre la olla de atole; afortunadamente el atole ya no estaba tan caliente y eso le favoreció a la niña para que no se quemara todo su cuerpo. Luz, asustada, corrió y la levantó del piso, la limpió y la cambió de ropa. Después de que Luz levantó la niña del piso y la limpió, se puso muy nerviosa y le dio gracias a Dios de que la niña no se hubiera quemado. También cuando Luz y sus hermanos escuchaban algún ruido extraño por las noches, ruidos que eran producidos por los animales que rondaban en los alrededores, como ratas que pasaban por el techo, víboras, gatos, perros y conejos, se asustaban mucho y se abrazaban unos con otros y Luz los consolaba, les decía: «No tengan miedo, ya nuestros padres vienen en camino».

Por fin, cuando Luz y su madre terminaron de arreglar la casa que le prestaron a María en el lugar más poblado, se mudaron y de esa forma Luz y sus hermanos vivieron más tranquilos porque tenían vecinos a sus alrededores y ellos se sentían contentos porque jugaban con muchos niños en la calle.

Un golpe más para María

Un golpe tremendo más en la vida de María fue cuando su esposo le sugirió que invitara a dormir a su casa a una comadre de María. Él le dijo a María que invitara a su comadre a cenar y pasar la noche con ella en su casa que para que ella acompañara a María por la noche, porque él tenía que pasar la noche fuera de casa, que porque él necesitaba hacer un viaje muy importante y María confió en que él le decía la verdad, pero Leandro ya tenía todo planeado.

La comadre Amparo aceptó la invitación que María le hizo porque confiaba en ella y le preocupaba que María durmiera sola por la noche, ya que María únicamente tenía dos niños chiquitos y ella ocupaba ayuda y compañía. Amparo, sin adivinar lo que el marido de María tenía planeado, aceptó la invitación dejando a su esposo solo en su casa, con dos hijos grandes, por ir a acompañar a su comadre María.

Ella decidió pasar la noche en la casa de María sin imaginar lo que el esposo de María tenía tramado y por la noche, cuando María estaba durmiendo, el esposo sacó a la comadre de la recámara donde ella estaba durmiendo con engaños, le tocó a la puerta y le dijo que su comadre María la ocupaba, que fuera porque ella tenía un dolor de estómago y que si le podía hacer un té. Amparo, al escuchar la voz de Leandro y el sonido despacito que él hizo al tocar la puerta de la recámara, inmediatamente se levantó y se puso un suéter y corrió a la cocina. Leandro iba tras ella, entonces al llegar los dos a la cocina, él le dijo: «Amparo, vamos para el corral de la parte de atrás de la casa a cortar las hojas de la planta para hacer el té, yo te acompaño». Fueron los dos a la parte de atrás de la casa y al empezar la comadre de María a cortar las hojas para hacerle el té, Leandro la abrazó por la fuerza y la tiro al piso. Enseguida él trató de despojarla de su ropa, ella se rehusó, pero él la sostenía con fuerza; él se subió sobre ella y la mantenía tirada en el piso con fuerza. Al principio Amparo no se podía defender muy bien porque estaba en shock, temblando de miedo y además, él la asustó. Le dijo que si no se dejaba hacer el amor y que si gritaba, María se daría cuenta y que saldría a ver qué pasaba y que si ella los veía se enojaría mucho. Y que además, ella estaba enferma del corazón y se podía morir, y que también él les diría a los papás de Amparo que ella se le insinuaba. Cuando Leandro estaba arriba de ella, Amparo reaccionó y empezó a defenderse, hizo lo imposible para quitar a Leandro de encima de su cuerpo para que él no lograra sus malas intenciones; lo rasguñó, y lo mordió, lo golpeó con sus manos y corrió, pero el hombre era muy fuerte y ella no podía escapar de sus garras y la dominó con su fuerza feroz. La tiró nuevamente al piso pero como ella gritaba tan fuerte y además los perros de los vecinos ladraban, María despertó. Al escuchar los gritos de la comadre, automáticamente se dirigió a la recámara donde ella se había dormido, pero al ver que no estaba, inmediatamente, temblando de miedo, tomó un rifle que tenía guardado en su cuarto y salió para el patio de su casa cargando una lámpara en su mano para alumbrarse. Cuál sería la sorpresa de Leandro al escuchar los disparos del rifle que María tenía en las manos ella echó unos tiros hacia el cielo para protegerse. Al momento en que Leandro escuchó los disparos, se puso de pie y saltó la cerca del corral de su casa y corrió a esconderse en unos potreros cercanos a su casa. Cuando Leandro corrió Amparo le gritó a María: «¡Aquí estoy comadre, no me vayas a disparar!» porque estaba oscuro y la luz de la linterna no era suficiente para que María la pudiera reconocer al instante. María enseguida se acercó a ella y logró reconocerla y le preguntó que qué hacía ella en el corral a esas horas de la noche y Amparo le explicó todo. María le dijo que para qué había confiado en él y ella le dijo que había creído que era verdad que ella tenía un dolor. María, apenada y asustada, le ofreció disculpas a su comadre Amparo y le dijo que fue bueno que Leandro no alcanzara a abusar de ella. María tenía mucha pena con su comadre Amparo, no sabía cómo pedirle perdón y al decirle María que sentía mucho lo sucedido, su comadre le dijo que no se preocupara, que ella no tenía ninguna culpa de nada de lo que había pasado.

Leandro desapareció, se fue huyendo de su casa y regresó después de seis meses. Y María lo perdonó una vez más.

Engaños que Leandro le hacía a María

María tenía una vecina muy bonita y muy joven, que tenía dieciocho años, ella tenía un novio y Leandro la quería para él. Un día él le dijo a María que fuera y le dijera a la vecina que el muchacho tenía otra novia y María, confiando en su esposo, fue y le dijo a la muchacha lo que el marido le decía. Pero María nunca pensó que todo lo que el esposo le decía no era verdad y ella pensaba que era porqué él le tenía buena voluntad a la vecina.

María continuaba confiando en las palabras de su esposo aun sabiendo todas las maldades que él hacía. El amor que ella decía tenerle y el buen corazón que ella tenía, la hacía caer en sus malas intenciones e indirectamente ella cooperaba con las infamias que él hacía. La muchacha confió en lo que María le contó y dejó el novio, y de esa manera Leandro pensaba que la muchacha quedaba libre para él. Eran nada más ilusiones que él se hacía. Total, que la vecina Pancha nunca se casó y esto pudo haber sido resultado de que Leandro le corrió el novio. Él pensaba que correrle al novio a la vecina sería una buena idea y que la muchacha estaría libre para él. Un día Leandro le mandó una carta a la vecina, le decía que si ella lo aceptaba él dejaba a María, pero la muchacha no aceptó su propuesta porque era muy amiga de María, pero Leandro continuaba insistiendo que se fuera con él y la muchacha no aguantó más y le platicó a María lo que su esposo le proponía. María se enojó mucho y le reclamó a Leandro, hasta lo corrió de la casa, pero él no se salía y pasaron unos días y María, como tenía un gran corazón, lo perdonó porque ella estaba muy enamorada de él y también porque ella tenía temor de quedarse sola aunque peleaban mucho, pero María continuaba también con el por temor al "qué dirán".

Durante el largo tiempo en que María estuvo viviendo con su esposo, ella recibía muchos maltratos de parte de él, además de bastantes quejas de las mujeres a las que él les hablaba de amor. Ella le reprochaba que no hiciera eso, que no estaba bien faltarles al respeto a varias mujeres y él le contestaba con insultos y malas palabras; le decía que no era cierto, que las mujeres se le insinuaban a él. María se resignaba y se decía a sí misma que cómo podría hacer para que él cambiara, pero ella no encontraba ninguna solución. Y aun así él le hacía a María muchos reproches, después de que él hacía tantas cosas indebidas y María sufría las consecuencias.

Leandro le recordaba a María constantemente de una tragedia que a ella le pasó cuando estuvo viviendo en casa de su madrina Ana. Un día Ana salió a un pueblo llamado "La Piedad". Ellos vivían en un rancho llamado "El Guayabo". La Piedad era un pueblo a donde las personas acudían cuando ocupaban lo necesario para sobrevivir, como comida o medicinas.

Una de tantas veces en las que Ana salía al pueblo, dejó a María sola en la casa para que hiciera el trabajo de la casa como de costumbre. Esa vez uno de sus vecinos, de la misma edad de María, de dieciséis años, se dio cuenta esa vez de que María estaba sola en la casa y abrió una puerta que la casa tenía en la parte de atrás y entró hasta la cocina, donde María estaba haciendo tortillas. Él la agarró de sus manos jalándola por la fuerza y logró sacarla de la casa. Era un muchacho que tenía mucho tiempo pretendiéndola y al ver que ella no le correspondía, él la llevó hasta su casa jalándola y arrastrándola. María, furiosa y asustada, gritaba y se sentaba sobre el suelo, pero no pudo escaparse de las garras de ese mal hombre. En esa época del año 1885 así se acostumbraba, que si a un hombre le gustaba una mujer, la robaba por la fuerza. Al llegar a la casa del hombre, éste la encerró en un cuarto; en esa casa vivían su madre y una hermana con él. Después de que el hombre llamado Juan llegó con María a su casa, a los pocos minutos de que ellos llegaron, la hermana de Juan llegó enseguida de la calle y le dijo que ella vio al padrino de María que iba dirigiéndose a su casa, que ella pensaba que iba a buscarlo a él y a rescatar a María de su casa. También María le dijo gritando asustada, que su padrino lo buscaría y lo mataría. Cuando él escuchó lo que su hermana le dijo se asustó y pensó que el padrino Pedro, esposo de Ana iba a buscarlo. Sabía que el padrino de María siempre cargaba pistola y que no se tentaba el corazón para matar. Juan salió huyendo de la casa asustado, a la calle corriendo sin rumbo fijo. En ese momento María aprovechó y salió corriendo de la casa de ese hombre y se fue a refugiar a la casa de su padre. Lo que favoreció a María fue que la niña llegó con la noticia en el preciso momento para que María pudiera escapar y a final de cuentas la niña confundió al padrino de María con otro señor que pasaba por la calle en ese momento. María le platicó a su padrino lo que le había sucedido y enseguida él tomó una pistola y fue a buscar a Juan a su casa y cuando tocó a la puerta de la casa de Juan él abrió la puerta y el padrino de María le dijo que por qué había hecho eso con María, él le contestó que él quería a María para casarse, y él le dijo que María no lo quería y que si intentaba robársela de nuevo, él lo mataría, que le daría unos golpes y balazos. Juan, temeroso, ya no intentó robarse a María por la fuerza porque Pedro era un hombre de carácter fuerte y lo podía matar. Pedro siempre cargaba pistola y no se tentaba el corazón para matar a nadie y a la vez, él quería mucho a María y la trataba mejor que Ana. Esa tragedia que le pasó a María fue un gran motivo para que Leandro viviera reclamándole a María que ya ella había sido violada por otro hombre y que él ya no la quería.

Viaje inesperado de María

María, cansada de la situación que vivía con su esposo, un día decidió emprender un viaje rumbo a los Estados Unidos aceptando la invitación de su hijo Carlos, ya que él vivía en dicho lugar. Ella decidió hacer el viaje con su hija más pequeña, de nombre Perla; ella era la única que le quedaba soltera. María se decidió a emprender el viaje después de haber vivido con su esposo por más de cincuenta años. Su hijo Carlos le mandó dinero para que pagara su boleto del tren y se fuera rumbo a la frontera de Tijuana, México. Cuando llegó María con su hija Perla a la frontera, ya las estaba esperando un hombre llamado Guadalupe, era un señor que se dedicaba a cruzar indocumentados por la frontera de Tijuana. Guadalupe las ayudó a cruzar la frontera y lograron llegar a los Estados Unidos con muchos sacrificios y de esa forma violaron la ley de los Estados Unidos. Su hijo Carlos, feliz de que su madre y hermana iban a verlo, pagó una cantidad muy grande de dinero a Guadalupe para que las cruzara por la frontera. María cuenta que fue una experiencia bastante dura para ellas, porque el hombre las cruzó por la frontera caminando por varios días, a ellas y a dos muchachos más que también iban a dicho país. María cruzó el desierto desde Tijuana, México. Ella cuenta que cuando iban caminando por el desierto, temía que el hombre Guadalupe o los otros dos muchachos violaran a su hija, pero continuaron su camino hasta lograr su propósito, aunque ya casi se morían de sed, hambre, cansancio y miedo.

María le pedía a Dios que los hombres que llevaban de compañeros no le fueran a robar a su hija, ya que tan sólo tenía dieciséis años y además era muy bonita. María también comentó que por las noches tuvieron que dormir en el desierto, entre la arena y ramas secas, temiendo que llegaran leones, coyotes y tigres y se las comieran. Ellas por las noches escuchaban diferentes ruidos y sonidos que los animales de los alrededores hacían, se asustaban mucho y no podían dormir.

El segundo día que caminaron por el desierto apareció una víbora muy grande que mordió a uno de los muchachos en su pierna izquierda. María lo curó como pudo y con los recursos que tenía a su alcance: con un pedazo de vidrio que se encontró tirado le sacó la ponzoña que la víbora le había dejado al morderlo en la pierna y también le puso agua de nopal y hasta le lavó la herida con los propios orines de él. Ella también cortó un pedazo de la blusa que llevaba puesta y le amarró el pie cerca del piquete para que la ponzoña del animal no se le regara en todo su cuerpo. Esa curación le sirvió mucho al muchacho, porque sobrevivió. Al día siguiente continuaron caminando, el muchacho casi no podía caminar, pero María y su hija lo ayudaron a caminar apoyándolo con sus manos, una de ellas de cada lado. Ellos ya estaban muy débiles porque no tenían comida, lo único que comían eran nopales del desierto que María cortaba y les daba a todos. Después de que ellos comían unos cuantos nopales continuaban su camino, esto les fortalecía y les daba un poco de energía para continuar su camino. Los nopales fueron su alimento por varios días.

Ellos continuaban caminando y el muchacho caminaba muy despacio y con mucho sacrificio. Después, el muchacho Ramón, que fue víctima de la víbora, al ver que casi no podía caminar porque la pierna le dolía mucho, les decía a todos sus compañeros que se fueran y que lo dejaran solo y María le contestaba que ella no lo iba a dejar solo, que si Juan el coyote y el otro muchacho se querían ir que ella y su hija lo iban a esperar. Guadalupe no quería esperar más, él deseaba continuar su camino para seguir pasando más gente y ganar más dinero.

Por último, el señor Guadalupe decidió irse con el otro muchacho y abandonó a María, a Perla y al muchacho herido. Guadalupe quería dejar al muchacho en un lugar seguro donde lo esperaban unos familiares y así él poder recibir el dinero que le pagarían por pasarlo por la frontera y continuar con su trabajo de cruzar indocumentados.

María continuó caminando con su hija y con el muchacho herido. Ellos caminaban por una media hora y descansaban para agarrar fuerzas. Después de que Ramón recibió el mordisco lograron llegar con muchos sacrificios hasta un camino de brecha después de haber caminado por varios días. En ese momento todos sonrieron de alegría porque ya había esperanzas de que alguna persona pasara en algún vehículo y les pudiera dar un aventón a un pueblo cercano. Cuando habían caminado unas cuantas horas en el camino de brecha, de repente escucharon el ruido de un carro que se aproximaba a ellos y cuál sería su sorpresa al ver que era un carro de la Migración. Inmediatamente se tiraron al piso y lo que a les ayudó fue que había muchos matorrales y pudieron cubrirse. Afortunadamente, a pesar de que el carro les pasó muy cerca, no los vio; el matorral de hierbas los favoreció. Después de que el carro se alejó se pararon y continuaron caminando.

Por fin, al ir por el camino de brecha, vieron unas casas a lo lejos y todos gritaron y lloraron de alegría, por fin se les levanto el ánimo. Después de unas cuantas horas, llegaron a un pueblito pequeño de nombre San Isidro; enseguida entraron a un restaurante de hamburguesas y en ese lugar María le pidió a uno de los trabajadores que le hiciera una llamada a Carlos, su hijo, a Santa Ana, California. Él contestó la llamada y María investigó la dirección con el empleado del restaurante para dársela a su hijo Carlos. Carlos inmediatamente fue a recogerlas. Él tenía muchas ganas de ver a su madre y al ver Carlos a su madre y a su hermana las abrazó llorando y les dijo que había valido la pena el sacrificio que ellas habían hecho, porque él ya tenía muchos años sin ver a su madre y María le dijo que ella había arriesgado su vida, que todo era por amor a él. Carlos tenía quince años sin ver a su madre, él no podía ir a México porque era también indocumentado. Carlos se llevó también al muchacho herido que iba con María, lo llevó a su casa por unos días y enseguida lo llevó a la casa de unos familiares. Los familiares del muchacho estaban muy agradecidos con María y con su hijo Carlos. Ellas llegaron con sus cuerpos destrozado y sus piernas hinchadas y con cortadas, sangrando. Después de unos días ellas empezaron a recuperarse de las heridas de sus pies, de sus piernas y de todo su cuerpo; también tenían moretes por todos lados. Casi no podían caminar por sus dolores en las piernas y en todo su cuerpo.

Después de unas cuantas semanas de haber llegado María con su hija a la casa de Carlos, ella salió a la calle en busca de trabajo. Empezó a tocar puertas en los alrededores en busca de trabajo y el mismo día que salió a buscar, lo encontró en una casa cercana a la casa de su hijo. Ella trabajó lavando ropa y planchando. Trabajaba cuatro horas diarias y ese dinero le servía para sobrevivir, aunque su hijo no le cobraba renta ni comida, pero ella quería ayudarle a su hijo con un poco de dinero para lo necesario en el hogar. A María no se le hacía difícil trabajar en lo que fuera, como ella era muy trabajadora y no le gustaba estar sin hacer nada, buscaba la forma de hacer algo. También vendía colchas de cama, cortinas y ropa de mujer.

Pronto María también le buscó trabajo a su hija Perla en una tienda, donde se vendía mucha ropa de mujer. Perla pronto aprendió a llevar el manejo de la tienda, ella aprendió muy rápido a hacer diferentes arreglos para regalos. Las ventas de la tienda aumentaron con la manera que ella tenía de trabajar, además tenía muy bonito carácter y también era muy bonita y las ventas se incrementaron increíblemente porque la personalidad de ella llamaba la atención a los clientes, y en un corto tiempo la pusieron de supervisora.

Para María no existían imposibles, ella buscaba la manera de sobresalir en diferentes situaciones.

Insinuación a María

María también enfrentó otro problema con su cuñado Melquiades, esposo de su hermana Victoria; un hombre de carácter fuerte, muy enamorado y celoso. Una vez María fue a visitar a su hermana a la casa donde vivía con su esposo Melquiades y en ese momento llegó él de trabajar y su hermana Victoria sirvió comida para los tres en la misma mesa, y cuando estaban comiendo, Melquiades le tocaba a María las piernas con sus pies y la miraba fijamente, haciéndole gestos con la cara. Él aprovechaba cuando Victoria se dirigía a la estufa para servir más comida o arrimar tortillas, para que no se diera cuenta. En ese momento María se sorprendió y se enojó con él, pero no le decía nada para que su hermana no sospechara nada y además ella no quería causarle problemas a su hermana, porque él era muy malo con ella. Melquiades siempre asistía a las cantinas y llegaba a la casa borracho y a la hora que él llegaba a la casa golpeaba a Victoria. Cuando la encontraba despierta le pegaba, le decía que si estaba despierta era porque estaba esperando a algún pretendiente, y si ella estaba dormida, le decía que era porque estaba cansada de estar haciendo el amor con otro hombre. Total, que Victoria pasó una vida muy triste con ese hombre.

Por esa razón María quería evitar que su hermana se diera cuenta de lo que su esposo le había hecho, porque aparte de la vez que le faltó al respeto en la casa de su hermana, también una vez Melquiades le hizo a María un acto vergonzoso y desagradable. Un día él fue a visitar a María a su casa y como él era de la familia, María lo invitó a pasar y al estar dentro de la casa se acercó a María con malas intenciones; trató de abrazarla por la fuerza, María asustada y sorprendida aventó la cazuela de comida al piso porque en ese momento ella estaba cocinando y corrió alrededor de una mesa que estaba enfrente de ella. En ella cocinaba en una pequeña estufa que tenía y que funcionaba con petróleo. Lo que favoreció a María para que Melquiades no la violara fue que, en la hora en que la estaba persiguiendo llegó un señor a la puerta de ella, este hombre vendía birria de chivo; él gritaba fuerte en la calle y decía: «¡Llegó la birria!» y Melquiades al escucharlo pensó que era el esposo de María el que había llegado y corrió para la calle por la puerta de atrás de la casa. En ese momento María aprovechó y corrió a la calle, dejando a dos niños chiquitos que tenía dormidos, uno de dos años y el otro de un año. María salió a la calle a pedir ayuda a unas de sus vecinas que vivían al lado de su casa. Eran Pancha y Chayo, ellas eran muy buenas amigas de ella. María llegó a la casa de sus amigas muy asustada, les gritó por sus nombres desde la puerta de la casa y pronto salieron a recibirla y se quedaron asombradas al ver la cara de María, pálida y su cuerpo temblando de miedo. Ellas le preguntaron inmediatamente al verla porqué estaba tan asustada y qué le había pasado, y María, por pena y temor, no les dijo lo que le había pasado; ella no quería que nadie supiera lo que le había pasado y mucho menos su esposo Leandro o su hermana Victoria y les inventó una historia. Les dijo que adentro de su casa estaba una víbora, que fueran a ayudarla a matarla; las vecinas, sorprendidas, agarraron un machete y un palo y fueron con ella a su casa a recoger a los niños que María había dejado dormidos. Lo que a María le preocupaba era que había dejado a sus niños en la casa solos y chiquitos. Sus amigas pronto la acompañaron a su casa a recogerlos ella los había dejado adentro de su cuarto y según ellas, iban pensando que irían a matar la víbora que María les dijo que estaba en su casa. Cuando llegaron las amigas de María a su casa y entraron al cuarto y empezaron a buscar la víbora, pero no había nada y María les dijo: «Yo creo que ya se fue, aquí estaba junto a mi cama». María estaba mintiendo, no quería que sus vecinas supieran que su cuñado había tratado de violarla. María rápido agarró sus dos niños y salió de su casa al mismo tiempo con sus vecinas. Nerviosa se despidió de ellas y les dijo que gracias, y se fue a la casa de su padre a esperar a que su esposo regresara del campo. María nunca le contó esto a su esposo, nada de lo sucedido, únicamente a su suegra porque ella temía que Leandro peleara con Melquiades. Ella guardó ese secreto del suceso por toda su vida.

Caridades de María

María era muy querida por todo el rancho donde ella vivía, porque ella supo ganarse el respeto y cariño de la gente. Ella ayudaba mucho a las personas donde vivía, con lo que podía; si miraba a alguno de sus hermanos que no tenía comida, les daba huevos de sus gallinas y ropa viejita de la de sus niños para los niños de ellos. María prefería darles ropa de la poquita que sus niños tenían, aunque dejara a los suyos con poca. Afortunadamente, la suegra de María vivía en un pueblo de nombre "La Piedad" y en ese lugar mucha gente dejaba ropa y diferentes artículos que ya no querían, en la calle, y la suegra de María recogía la ropa y se la llevaba a María para sus niños y de esa forma María tenía ropa para regalar y para sus niños.

Peligroso huracán

Fueron muchas las experiencias desagradables de diferentes maneras que María tuvo que enfrentar. Una vez de las tantas veces que ella iba a trabajar al campo, la agarró un huracán muy fuerte al llegar a un río que María tenía que cruzar para ir a su terreno. El terreno que tenía lo dividía un río llamado "Lerma" y cruzaban el río en una canoa. Ese día se fue a trabajar y se llevó a su niña Chey de ocho años, era una de sus dos niñas más pequeñas. Después de que María terminó de trabajar, por la tarde llegó una tormenta fuerte, ella estaba con su niña que ese día se había llevado con ella al campo. Asustada, después de que terminó su jornada de trabajo quería cruzar el río antes de que el huracán llegara para poder llegar a tierra firme, pero cuando iban a la mitad del río, lamentablemente la tempestad las agarró en el camino. Dentro de la canoa María empezó a remar con fuerza para que la canoa avanzara, pero el aire tan fuerte y la lluvia no dejaban que llegara a la orilla, porque el aire movía la canoa en diferentes direcciones y algunas veces casi la volteaba. La canoa continuaba moviéndose sin ninguna dirección y Chey, la niña de María iba llorando asustada y agarrada con sus dos manos de la canoa. María, desesperada, le decía: «No llores hija, ya vamos a salir a la orilla, agárrate bien y no te pares quédate sentada». En esos momentos María pensó que ese sería el último día de su vida. Rezaba pidiéndole a Dios que la ayudara y que le permitiera salir a la orilla del río. Ella continuaba rezando, dándole a su niña palabras de aliento y remando con todas sus fuerzas. Del otro lado del río, en dirección a donde ella iba, estaban dos hombres dentro de una pequeña casita de madera; en ese lugar ellos estaban protegiéndose del huracán y apenas podían distinguir un poco la canoa donde iba María con su niña. Los hombres le gritaban con fuerza: «¡Señora continúe remando y agárrense bien!» y la canoa continuaba dando vueltas en círculo y ladeándose para ambos lados. Por fin, después de que ellas permanecieron navegando en el río por casi una hora, de repente el aire acercó la canoa a la orilla y María logró agarrarse de las ramas de unos árboles; de esa manera pudieron salir. Finalmente, al llegar la canoa a la orilla, rápido María agarró a su niña y brincaron de la canoa con la ayuda de uno de los hombres que estaban en la orilla del río. El hombre le recibió a la niña, la abrazó y a María la tomó de sus manos, y así lograron salir de la canoa y del río. Cuando María junto con su niña pisó la tierra, no lo podía creer, había logrado salir con vida de aquella horrible tempestad. Enseguida abrazó a su niña llorando y dándole gracias a Dios porque les había permitido salir con vida de ese peligro tan grande. Los hombres invitaron a María a pasar al jacal mientras la tormenta pasaba. Ellas permanecieron ahí por una hora mientras se calmaba un poco la lluvia y el aire. Después de que la lluvia se calmó María se fue a su casa con su niña caminando entre el agua hierba mojada y lodo. Cuando llegaron a su casa, María abrazó a sus niños que había dejado en casa, muy contenta de que ya estaba con ellos, después del peligro que había pasado.

Estos sacrificios que María hacía eran para sacar a su familia adelante, trabajando en su tierra para lograr obtener una buena cosecha y de ahí comprar lo más necesario para darles de comer a sus hijos, aunque la mayoría de las veces su esposo gastaba todo el dinero de la cosecha en mujeres, pero lo poco que ella podía rescatar lo ahorraba para comprar lo necesarío para su familia.

Perros peligrosos

María pasó su vida llena de tragedias. Ella recuerda mucho que una vez en que ella iba rumbo al pueblo que estaba más cercano al rancho donde ella vivía, que era "La Piedad" que estaba a veinte kilómetros de la el rancho los Guayabos donde ella vivía, ella tenía que caminar dos kilómetros de brecha para poder llegar a una carretera principal a tomar un camión que transportaba gente de un lugar a otro. Ese día, primero de marzo de 1920, era una mañana nublada. Cuando ella iba caminando estaban cuatro perros grandes en el camino por donde ella iba y los animales, al verla pasar cerca de donde ellos estaban, se le acercaron ladrándole para morderla y ella se asustó mucho y empezó a rezar con los ojos cerrados, para no ver a los perros enfurecidos que la querían morder. Ellos ladraban a su alrededor y en ese momento, por casualidad salieron tres hombres de una granja donde criaban puercos, que estaba cerca de donde ella estaba y la ayudaron; ellos les gritaron a los perros y éstos se retiraron. María cuenta que en ese momento pensó que su vida terminaría en ese instante. Después de que los hombres corrieron a los perros, ella les dijo que gracias y continuó su camino temblando de miedo, sentía que casi se desmayaba.

Tenía que continuar su camino porque en el pueblo vivía su hija Cristina, a la cual iba a ver porque ella había dado a luz a un niño, el cual había nacido prematuro y ella quedó muy delicada de salud, y el niño por igual. Por fin logró llegar a la casa de su hija en la situación en que ella iba, después del susto que había pasado.

También María aún estaba muy mal, todavía no se recuperaba de una caída que se había dado en su casa al brincar una cerca de piedras que dividían el corral de su casa; ella brincó y cayó al suelo. Ese día ella iba a darles de comer a los cerdos que tenía en el corral y a las vacas. Las consecuencias de esa caída fueron grandes, porque se quebró tres costillas de su lado derecho y también, unos días antes de su caída, la había mordido un conejo en la pierna izquierda. Ella estaba bastante delicada, pero el pendiente que ella tenía por su hija no la dejaba tranquila y trató de llegar como pudo a verla. María sacaba fuerzas de lo más profundo de su alma para estar al pendiente de sus hijos, el carácter fuerte y el valor que tenía fueron la clave principal para que ella pudiera sobrevivir.

Algunas veces las decisiones que María tomaba no eran las mejores, porque como era muy arriesgada le pasaban algunos accidentes graves. Una vez fue a el campo a llevarle comida a su esposo y se montó en un caballo con una de sus niñas de dos años. Cuando estaba sobre el caballo con su niña mientras el caballo caminaba, se encontró con un hoyo en el camino y en ese momento el caballo brincó y con el impacto del brinco María cayó al suelo con su niña chiquita; afortunadamente nada más la niña sufrió raspones en su espalda, pero María se dio un golpe muy fuerte en el lado derecho de su estómago, cerca de las costillas, y se le formó un morete grande y negro, en forma de circulo. El golpe fue debido a que cayó sobre una piedra muy grande y eso le ocasionó el morete en su cuerpo. Después de que ella cayó del caballo perdió el conocimiento y afortunadamente, en ese momento iba pasando un señor con una carreta de las que jalaban con caballos, porque en esa época aún no había medios de transporte como ahora; en el rancho donde vivía únicamente había caballos y carretas que jalaban con caballos , y por esa razón era muy difícil transportarse de un lugar a otro. El señor de la carreta, de nombre Arnulfo, recogió a María y a su niña y las llevó a la casa de ella en su carreta. Al llegar María a su casa empezó a cocer algunas plantas, se lavó su parte de su cuerpo donde se golpeó, y también tomó de la misma agua de las plantas que coció. En ese entonces no había dinero para que María fuera a que la examinara un doctor y además que no existían muchos en esa época, ella buscaba la manera de curarse. Después de unos días todo volvió a la normalidad. María continúo haciendo su vida normal, las plantas que ella usó le habían dado buenos resultados. María tenía mucho conocimiento de plantas curativas porque ella siempre tomaba diferentes tés y casi siempre le daban muy buenos resultados. Ella casi nunca iba a que la checara un doctor, porque se curaba sola. Incluso muchas personas que la conocían le pedían recetas de algunos remedios caseros, y a la mayoría de las personas les funcionaban. Muchas personas confiaban mucho en ella para que las curara, así como también otras no la querían, le decían que era bruja, pero a ella no le importaba que la nombraran así, lo que ella quería era ayudar a la gente. También curaba a muchos niños de "espanto", así se decía cuando un niño se asustaba mucho de alguna cosa espantosa; también otra enfermedad que le nombran "empacho", esta enfermedad les daba a los niños cuando estaban chiquitos, de la edad de un año en adelante. Decían que se debía a que los niños, al empezar a comer diferentes alimentos, si algún alimento no les caía bien les daba diarrea y dolor de estómago y ella les preparaba un té de diferentes hierbas medicinales, se los daba a tomar y se aliviaban los niños. Incluso también a las personas mayores, si algún tipo de comida les provocaba alguna reacción mala en su digestión, ella también los curaba. María tenía muchas cualidades muy buenas, de gran sabiduría, las cuales ponía en práctica con personas que acudían a ella y ellos tenían la certeza de que obtenían grandes resultados. Incluso también María daba masajes en el cuerpo cuando a alguna persona le dolía alguna parte de su cuerpo por alguna descompostura de sus músculos; por ejemplo, en un brazo, una pierna o en la cintura. También les arreglaba la matriz a algunas mujeres que no podían tener hijos a causa de que se les desacomodada debido a que levantaban objetos pesados.

Ella, al sobarlas, les arreglaba la matriz poniéndoselas en su posición correcta. María decía que si la matriz estaba en una posición que no era la normal, las mujeres con este problema no lograban salir embarazadas, además de provocarles mucho dolor. Después de que ella les acomodaba la matriz desaparecía el dolor en unos cuantos días. Una ocasión fue una señora a que María le acomodara la matriz porque tenía un dolor fuerte y después de que se la acomodó, la señora Petra descansó del dolor y Después de unos meses la señora regresó a la casa de María para comunicarle que estaba embarazada de su primer hijo y le dio las gracias porque pensaba que salió embarazada gracias a la acomodada de matriz que María le había hecho, porque esa señora ya tenía diez años de casada y no lograba quedar embarazada. La señora le platicó a María que ya había tomado muchos remedios caseros y medicinas y que nada le había funcionado. Que además, también un doctor le había dicho que no le encontraba ningún problema; y le daba diferentes tratamientos y nada le ayudaba, por esa razón ella casi estaba segura de que, con lo que María le hizo, ella pudo salir embarazada y estaba muy agradecida. Ella y su esposo le pidieron a María que cuando su bebé naciera ella fuera la madrina de bautismo y María aceptó encantada, incluso le llevaron un puerco de regalo, en agradecimiento porque la señora Petra había logrado salir embarazada y le confesaron a María que incluso ya el esposo de Petra se quería separar de ella para casarse con otra mujer que pudiera darle hijos. La pareja le tomó mucho cariño a María y le confesaron que gracias a ella se había salvado el matrimonio.

También María sabía mucho de albañilería. Ella construía por sí sola fogones para cocinar con leña y hacía diferentes diseños. Así les nombraban, "fogones", a unos bancos de piedra con un molde también hecho de piedra, en forma de círculo, para poner las casullas encima para cocinar. María también tumbó su casa vieja de adobe y construyó una nueva. Ella, a sus ochenta años, todavía trabajaba en trabajos pesados. Les ayudaba a los albañiles a escarbar con picos y palas y también les arrimaba el material para que ellos pudieran trabajar más fácil, con el material a su alcance ejemplo pasta de cemento para pegar tabiques ,piedras y madera.

María era muy trabajadora, ella tenía un terreno enfrente de su casa y disfrutaba mucho limpiándolo de zacate y basura y cortando árboles secos. Una vez María cortó mucho zacate e hizo una lumbrada grande y también quemó basura para limpiar el terreno. Cuando la lumbre estaba ardiendo mucho, se acercó para ponerle más zacate y palos secos, y al agacharse se le atoro un pie en una piedra; perdió el control y se cayó sobre la lumbre. Al caer encima de la lumbre se quemó la mitad de su cuerpo. Ella se encontraba sola en ese lugar y logró pararse por sí sola y salir del fuego. Se quemó el lado izquierdo de su cuerpo. Cuando ella se estaba poniendo de pie, sentía que perdía el conocimiento, pero afortunadamente pudo alejarse del fuego. Ella se fue a su casa caminando despacito y con los dolores y ardores muy fuertes en las partes quemadas; al llegar a su casa, se lavó la herida con agua de hierbas medicinales, se puso pomada y se tomó diferentes tés. Ese día, por casualidad, fue a visitarla su hijo Sebastián y la llevó al doctor y después de un tiempo de haber sufrido mucho, ella logró recuperarse.

María tenía muchos accidentes debido a que hacía trabajos pesados y de mucho peligro, y además su edad ya no le permitía tomar esos riesgos.

Golpiza que María recibió de su esposo

María sufría pena tras pena. Aún no lograba recuperarse de una cuando se le venía otra tragedia encima. Una vez su esposo la golpeó muy fuerte con un palo. Ella cuenta que la golpeó sin ningún motivo, que esa vez ella se acercó a él y le acarició la frente con una de sus manos, y que el señor se paró de donde estaba sentado y agarró un palo y le dio varios golpes, y de tanto que la golpeó ella duró una semana sin poder caminar, de tantos golpes que tenía por todo su cuerpo. El esposo de María abusaba mucho de ella porque ella era buena persona y aunque él la tratara mal, ella siempre lo atendía muy bien. Le cocinaba su comida y le llevaba la comida preparada hasta la parcela donde él trabajaba, además de ayudarle a trabajar. Como ya se mencionó anteriormente, ella caminaba largas distancias, de dos a tres kilómetros, para llegar a las parcelas. Es increíble que María haya podido sobrevivir a pesar de todo lo que tuvo que pasar y aun así ella continuaba luchando, a pesar de que desde pequeña le tocó vivir en un mundo lleno de experiencias difíciles. Pero la vida la recompensó dándole fuerzas, energía y salud para continuar viviendo.

María también tuvo que enfrentar situaciones muy desagradables con algunas amantes de su esposo, porque algunas veces ellas iban a buscarlo hasta la casa de él, y cuando alguna de sus amantes tocaba a la puerta y María la abría, ellas le preguntaban por Leandro y ella se enojaba y las corría.

También Leandro conseguía dinero para gastarlo con las novias y ponía de garantía las escrituras de la casa y del terreno que tenía y algunas veces no pagaba a tiempo y los hombres que le prestaban el dinero muchas veces estuvieron a punto de quitarle la casa y la tierra y María buscaba la manera de salvar las escrituras. Ella conseguía dinero con sus familiares y de esa manera no les quitaban la tierra y la casa.

También una vez entraron a la casa de María, por la fuerza, unos hombres a quienes Leandro debía dinero y como no les pagaba en las fechas en las que ellos hacían el contrato, entraron a la casa y se llevaron una estufa de Petroleo que María había comprado con muchos sacrificios para cocinarles a sus hijos y también se llevaron dos camas que ella les había comprado a sus hijos, porque ellos dormían en el suelo, y a María le daba tristeza que sus hijos siempre estaban pasando por esa situación de tener que dormir en el suelo duro.

María también sufrió un golpe muy duro cuando tenía la edad de doce años. Su padre algunas veces la mandaba a cuidar el ganado, acompañada de un primo de nombre Tomás. Ellos se iban desde las ocho de la mañana hasta las seis de la tarde. El padre de María iba a decirle a su madrina, con la cual ella vivía, que le diera permiso a Maria de ir a cuidarle el ganado y algunas veces su madrina le daba permiso. Durante el día, ella y Tomás primo de Maria cuidaban que el ganado no se les perdiera porque lo llevaban por cerros y praderas y se les podían perder, ya que, con unos momentos que ellos se descuidaran, los animales podían caminar largas distancias y después ya no los encontrarían fácilmente y entonces ella tendría que enfrentar a su padre, quien tenía un carácter muy fuerte. María dice que a ella no le gustaba andar sola en el campo y que algunas veces ella invitaba a su primo Tomás para que le ayudara y la acompañara a cuidar el ganado, ya que era mucho y era muy difícil para María hacerlo ella sola. Una de las veces que Tomás la acompañaba, él abusó de ella, la violó. Ella contó que Tomás la tomó por la fuerza y que se aprovechó de ella. Ella dijo que corrió, pero la alcanzó y la tiró al suelo, y no pudo escapar de sus garras. María regresó ese día asustada a la casa de su padre y no le contó nada a nadie, ella guardó su secreto por muchos años, hasta que un día Tomás le contó a unos primos y ellos se encargaron de contarle al esposo de María. esto ya fue después de que ella estaba casada y Leandro vivía reclamándole constantemente, reprochándole que Tomás la había violado. Leandro le reclamaba a María que porqué ella no le había contado lo que Tomás le había hecho. Ella le contestó que le dio miedo decirle a él de esa infamia que Tomás le había hecho. También le dijo a su esposo que ella gritó y lo arañó en el momento en que él la agarró por la fuerza, pero que nadie la pudo ayudar porque el lugar donde andaban cuidando el ganado estaba muy solo y lejos del rancho donde ellos vivían.

Todas estas malas experiencias que María pasaba eran debido a que ella no tenía a su madre, quien la guiara y la cuidara. Ella actuaba sin malicia y otras personas se aprovechaban de ella. Desde ese desagradable día en el que Tomás violó a María, ella jamás lo invitó a que la acompañara a cuidar el ganado, ni tampoco le dirigió la palabra; aunque cuando ella iba de visita a la casa de su padre, Tomás estaba también de visita en la casa, ya que era sobrino del padre de María. Durante su época de noviazgo de María tuvo un novio de nombre Julián ella cuenta que lo quería mucho. Platicaba con él todos los días. Una vez María se quedó a dormir en la casa de su padre, y ese día el novio Julián fue a platicar con ella a ese lugar, ellos platicaban por la noche. Ese día, María se preparó para platicar con Julián. Ella se arregló para esperarlo y en la casa de su padre estaba también Tomás el primo de ella, el mismo muchacho que la había violado. Ese primo iba a visitar mucho al padre de María porque era su tío preferido y de esa forma él podía darse cuenta de lo que pasaba en la casa. Ese día Tomás se dio cuenta de que María iba a platicar con Julián el novio de María y se le ocurrió hacerle una broma al novio de María ; él se acercó a la ventana a platicar con Julián haciéndose pasar por María, ya que él imitaba la voz de ella muy bien, y como era de noche y nada más platicaban por una ventana chiquita, era muy difícil que Julián se diera cuenta de que no era María. Tomás, al acercarse a la ventana, le entrego a Julián una caja envuelta en forma de regalo, y en esa caja él había puesto excrementos. Tomás le entregó la caja a Julián y le dijo que ese día no podía platicar, que nada más había salido a entregarle el regalo y después él se retiró de la ventana. Después de que Tomás hizo ese acto asqueroso, fue hasta la recámara donde estaba María con dos de sus medias hermanas y su tía Martha y entró casi muriéndose de risa a platicarles la maldad que había hecho y todas sus primas lo regañaron por lo que había hecho. A él no le preocupaba, nada más se reía, y María, furíosa, le dijo que nunca más le dirigiera la palabra y que se fuera de su casa y nunca volviera. María se puso muy triste por la pérdida de su novio, él jamás regresó a verla y después de unos días, Julián se fue para los Estados Unidos y nunca regresó.

Tragedia de muerte en la vida de María

Cuando María tenía unos cuantos años de casada le sucedió un problema grande, por el cual ella se vio muy afectada, ya que este problema por poco le cuesta la vida. Este problema surgió a causa de que su esposo tomaba mucho alcohol y tenía la mala costumbre de llevar amigos a tomar a su casa. Ese día, como uno de tantos en que el esposo llevaba amigos a tomar a su casa, María observó que uno de esos amigos la miraba de una forma rara e insinuante. Ese amigo, de nombre Clementino, vivía cerca de la casa de María. Esa vez ella no le puso atención, pensó que era porque él estaba tomado. Cuál sería su sorpresa, cuando al día siguiente el hombre le tiró una bolsa con dinero dentro de la casa de ella. Ese día ella se levantó temprano y salió al patio de su casa a barrer, vio una bolsa tirada en el suelo y enseguida la recogió, la abrió para ver que tenía adentro y fue una gran sorpresa porque la bolsa estaba llena de dinero. Ella se quedó muy sorprendida y no tenía idea de quién se la había tirado a su casa. Enseguida ella sacó una carta que estaba dentro de la bolsa y le decía: «María, tú me gustas mucho y agarra este dinero y escápate conmigo. Deja a tu esposo y vámonos a vivir a la capital, lejos del rancho». María, sorprendida, corrió y se la enseñó a su esposo y le platicó lo que había sucedido, él se enojó mucho y le reclamó a María, le dijo que ella era amante de ese hombre de nombre Clementino y ella le contestó que no, que ella no sabía por qué ese hombre le había tirado ese dinero dentro de la casa. Leandro, enfurecido, salió a la calle a buscar a Clementino para reclamarle. Entonces María inmediatamente fue a darles la noticia a sus suegros y a pedirles ayuda para salir del problema. Ellos rápidamente fueron con ella hasta su casa, que estaba localizada a unas cuantas cuadras ya que en ese entonces los suegros de ella aun vivian en el mismo Rancho el Guayabo. A los cuantos minutos de que ellos tres llegaron a la casa de María, también llegó Leandro, borracho, acompañado de Clementino y de un medio hermano de María. Leandro fue a decirle a Chuy, el medio hermano de María, lo que había pasado y Chuy decidió acompañarlo para ayudarle a darle solución al problema. Inmediatamente después de que entraron los tres sujetos a la casa y se pusieron frente a María y a sus suegros, Leandro furioso agarró a María de sus manos y la puso frente a Clementino y les exigía a los dos que dijeran la verdad, que él quería saber que había entre ellos. Clementino, asustado, contestó que no tenía ninguna relación con María, que el únicamente le había tirado el dinero para tratar de conquistarla, pero que entre ellos dos no existía ninguna relación; que María nunca le había demostrado a él nada fuera de lo normal y que, al contrario, ella era una mujer de respeto. Leandro enfurecido agarró un hacha con las que cortaban madera y tomó a María del pelo y la jaló, y a la vez levantó el hacha para matarla. Ella gritaba temblando de miedo que no tenía nada que ver con ese hombre. Enseguida, los padres de Leandro le quitaron el peligroso instrumento. Después de que lograron calmarlo un poco, le preguntaron por qué desconfiaba de María, que si no la conocía bien, si ella era una mujer que todo el mundo respetaba. Por fin la peligrosa escena había terminado. Clementino se fue a su casa y Leandro logró tranquilizarse. Gracias a que los padres de Leandro intervinieron en el momento en el que Leandro iba a acabar con las vidas de Clementino y de María, se evitó esa horrible y lamentable tragedia. Después de que pasó el desagradable momento, María les dio las gracias a sus suegros por lo que habían hecho por ella y enseguida se puso de rodillas para darle gracias a Dios llorando, porque estaba con vida para poder cuidar a los dos niños chiquitos que tenía.

Una tragedia más para María

Los problemas para María nunca terminaban. a unos cuantos meses de que le había pasado la desgracia por culpa de Clementino, Leandro le hizo una infamia a un amigo que él tenía y eso fue un golpe más en la vida de María. Leandro tenía un amigo en un rancho cercano "A los Guayabos" de nombre "Palo Alto", el amigo se llamaba Trino. Ellos salían a tomar cerveza juntos eran muy buenos amigos, según parecía. Un día Trino invitó a Leandro a su casa a comer y a seguir tomando vino, y después de que ellos comieron y continuaron tomando vino, Trino se quedó dormido porque ya era tarde, casi las dos de la mañana, y a esa hora ya la esposa de Trino estaba durmiendo y Leandro aprovechó la situación y entró al cuarto de la esposa y trató de despertarla para proponerle que se fuera con él. Ella, asustada, empezó a gritar. En ese momento Trino despertó y al escuchar los gritos de su esposa, fue a la recámara y le dio a Leandro unos golpes. Leandro enseguida corrió a la calle.

Al día siguiente Trino fue a buscarlo a Leandro, a su casa, y cuando Trino llegó a la puerta de la casa, no lo encontró. La esposa de Leandro le dijo que él había salido. Después, Trino fue a buscar al padre de Leandro para platicarle lo que había pasado y lo que él pensaba hacer, matar a Leandro. El padre de Leandro, apenado, le dijo que no le hiciera nada a su hijo, que se fuera para su rancho y que él hablaría con Leandro y le diría que se fuera a vivir a otro rancho, lejos de El Guayabo y que así él no podría molestar jamás a su esposa. El padre de Leandro le suplicó a Trino que no fuera a cometer ningún crimen con su hijo, que lo pensara, que si él quería mudarse a vivir a otro pueblo lejos de donde él vivía, para que no volviera a ver a Leandro, que él le podía dar una cantidad grande de dinero, pero que no le fuera a hacer daño a su hijo. Trino aceptó la cantidad de dinero y se marchó lejos de su pueblo donde ellos vivían. Ese pueblo estaba como a unos treinta kilómetros de distancia de el Rancho donde Leandro vivía. Trino logró tranquilizarse, pensó las cosas con calma y aceptó la proposición que le hizo el papá de Leandro. Se mudó a un lugar llamado "Mazatlán", era una ciudad grande, lejos del rancho donde él vivía, y nunca regresó a su rancho. Gracias al padre de Leandro, Trino se calmó y no le hizo nada a Leandro; él se salvó de la muerte y Trino de ir a la cárcel.

Eran tantos los sufrimientos que María pasaba por culpa de Leandro, que ella ya no sabía qué hacer, porque muchas personas le iban a decir que él les faltaba al respeto a muchas mujeres. Las mujeres pensaban que, con decirle a ella, las cosas se solucionarían pero, al contrario, únicamente los problemas aumentaban para ella.

Leandro traicionó a su amigo

Leandro tenía un amigo en un rancho llamado "El Gorupo", ese señor, llamado Benito, era un amigo muy querido de Leandro, se querían mucho. Ellos se conocieron en un viaje que Leandro hizo a los Estados Unidos en el tren y su amistad perduró por mucho tiempo. Vivieron juntos en los Estados Unidos compartiendo una casa que rentaban entre los dos. Una vez, Leandro fue a visitar a su amigo Benito a su rancho y él invitó a Leandro a que se quedara en su casa a pasar la noche, porque ellos se estimaban mucho y, además, como Leandro iba caminando, Benito pensó que sería mejor que pasara la noche en su casa para que no se fuera a su rancho de noche y así ellos tendrían más tiempo para platicar.

Ellos recordaban las experiencias que pasaron juntos cuando fueron a los Estados Unidos. Compartían recuerdos de la vez que viajaron en la parte de arriba de un tren y cuando el tren paraba en la estación, mucha gente subía para llegar a la frontera de Tijuana sin pagar pasaje, porque la gente no tenía dinero para pagar e iban con la ilusión de llegar a la frontera. Ellos recordaban con gran nostalgia lo peligroso que había sido exponerse a viajar en la parte de arriba de el tren tan largas distancias, pero que la gente tenía mucha necesidad de trabajar para sacar para lo necesario y lograr sobrevivir. Era mucho el sufrimiento y el peligro de las personas que iban a los Estados Unidos en la época de los braceros. Total, que la amistad de Leandro con su amigo Benito era muy grande por tantas experiencias que pasaron juntos y por esa amistad tan grande que ellos se tenían, Leandro iba a visitarlo y dormía en la casa de su amigo y de igual manera, cuando el amigo Benito iba a la casa de Leandro, él también se quedaba a dormir. La última vez que Leandro se quedó a dormir en la casa de su amigo Benito, trató de robarle a una hija.

En esa época las mujeres iban a lavar a un río cercano. Cuando Leandro observó que esa muchacha iba a lavar al río, caminó tras ella aprovechando que era temprano por la mañana y él sabía que el amigo Benito aun dormía. La persiguió y al llegar a la orilla del río se acercó a ella y trató de abrazarla y ella lo empujó; afortunadamente la muchachada sabía nadar muy bien y se aventó al agua y nadó con fuerza. Logró cruzar el río y Leandro, como no sabía nadar, no pudo perseguirla, se regresó a su casa y ya no fue a despedirse de su amigo Benito porque pensó que la muchacha le contaría todo y que a lo mejor lo golpeaban o lo denunciarían a la policía.

Leandro se fue de su pueblo por un tiempo y después de cuatro meses regresó a su casa. María no supo nada de él por todo ese tiempo y cuando él llego a su casa le dijo a María que lo tenían secuestrado y María no supo nada de lo sucedido. Nunca más Leandro volvió a visitar a su amigo y se perdió esa amistad que ellos tenían tan grande por tanto tiempo; terminó por completo. El amigo de Leandro nunca fue a buscarlo para reclamarle lo que él había intentado hacer con su hija, tal vez la muchacha no le contó nada a Benito por miedo a que su padre cometiera un delito o si él se enteró, a lo mejor no quiso enfrentarlo por la amistad que ellos tenían.

Acto humano que hizo María

En la comunidad de El rancho el Guayabo la gente era muy social , amistosa acogedora, alegre y amantes del deporte. Cada año, en la fecha de Semana Santa, los habitantes de El Guayabo organizaban diferentes eventos, uno de ellos eran partidos de futbol soccer, bailes, kermeses, charreadas y carreras de caballos. También tocaban algunos grupos musicales del mismo lugar, o de lugares circunvecinos, ya que en este lugar la gente era muy amable y talentosa. En esas fechas de Semana Santa El Guayabo recibía gente de diferentes partes de la república mexicana, por ejemplo, Guadalajara, Ciudad de México, León, Irapuato y san Luis Potosí, entre otros lugares. Como la gente de ese lugar solía acogerlos llevando a cabo esta tradición que era muy famosa en aquella época, El Guayabo se destacaba por sus excelentes equipos de futbol soccer. Las veces que llegaron estos equipos visitantes casi todos los integrantes de los diferentes equipos solían ir a bañarse al río Lerma, este río colinda con El Guayabo. En una ocasión fueron todos los muchachos integrantes del equipo de Guadalajara a bañarse al río y al estarse bañando este grupo de muchachos, todos muy contentos nadando, jugando con pelotas dentro del agua y también se lanzaban de arriba de los árboles, y de esta manera ellos se divertían mucho. Uno de ellos no sabía nadar y se ahogó al aventarse de un árbol al río y ya no salió después de que se sumergió y los compañeros asustados se hundían hasta el fondo del río y no lograron encontrarlo; los compañeros no pudieron ayudarlo porque la corriente que el río llevaba ese día era muy fuerte y además ese río es muy caudaloso. Ese día ellos estaban muy tristes por la pérdida de su amigo, se decían unos a otros que si el río no hubiera llevado la corriente tan fuerte, tal vez lo hubieran salvado. Pensaron que sería imposible sacarlo porque con la corriente que el río llevaba sería inútil seguir buscándolo porque casi estaban seguros de que la corriente del río ya lo llevaría muy lejos en unos cuantos minutos. Los compañeros se culpaban porque no pudieron salvarlo. Ese mismo día que pasó la tragedia, el equipo completo de muchachos se fue para su ciudad, Guadalajara. Ya no pudieron continuar jugando por la pena de haber perdido a su compañero del equipo.

También ese día todos los eventos que estaban planeados se suspendieron, el rancho estaba de luto por el suceso. Los padres del muchacho que se ahogó llegaron hasta la el rancho destrozados de dolor a buscar a su hijo. Ellos contrataron a un equipo profesional, con los pocos recursos que en aquella época había, para buscar al muchacho en el río, pero todo fue en vano; lo buscaron por dos días, pero todo fue inútil, desgraciadamente no lograron encontrarlo. Desafortunadamente en aquellos años aún no había tecnología para poder usar un buen equipo de herramientas como en la actualidad, en la que toda la tecnología está muy avanzada. Entonces María se preocupó mucho al ver a los padres del muchacho y a todos los muchachos del equipo de soccer destrozados y decidió tomar cartas en el asunto. Se puso de acuerdo con uno de sus hijos, el mayor de la familia y se fueron a buscar al muchacho al río. María tenía su parcela en la orilla del río Lerma y ella tenía un poco de conocimiento de las partes más caudalosas del río y como tenía una canoa y sabía nadar muy bien, le dijo a su hijo Bruno: «Hijo, vamos a buscar a ese muchacho y su hijo aceptó, ya que él también era de muy buen corazón al igual que ella y además él también era extremadamente inteligente y decidido.

Bruno inventó una herramienta para aventarla en el agua, hizo un círculo de alambre y le armó cuatro pedazos de alambre amarrados al círculo en forma de ganchos y lo ató con una soga grande. Subieron a su canoa y empezaron a buscarlo. Remaban para que la canoa avanzara y a la vez jalaban el instrumento que habían inventado y como el material que usaron era fierro pesado, el instrumento se hundía hasta el fondo del río y al avanzar la canoa, ellos jalaban la soga por debajo del agua. Trataron de encontrar al muchacho por dos días y al segundo día, después de que recorrieron largas distancias, ya se sentían muy cansados, creyeron que ya no lo encontrarían y pensaron regresar a casa por la tarde. Eran las 5:00 p.m. y María pensó diferente, decidió continuar la búsqueda un rato más, le dijo a su hijo que continuaran un poco más la búsqueda y su hijo, aunque estaba muy cansado, aceptó continuar. Durante el camino, al ir María remando, observó unas cuevas con árboles alrededor y muchas ramas secas, inclusive muchas plantas de lirío, esta planta crece dentro del agua. Al dirigir la lancha hacia las cuevas, cuál sería su sorpresa al lanzar la cuerda con los ganchos y al jalarla, observaron el cuerpo del muchacho que estaban buscando; gritaron de gusto porque habían logrado encontrar el cuerpo. En ese momento pensaron que la corriente se lo había llevado y que lo orilló hacia adentro de las cuevas y con tanta rama de árboles y de liríos, hundieron el cuerpo aún más a el fondo del río. Fue difícil para María y para su hijo lograr sacar al muchacho para subirlo a la lancha, porque estaba enredado entre ramas de árboles, pero María se tiró al agua y lo subió a la chalupa con la ayuda de su hijo. Fue muy peligroso para María y su hijo exponerse a tanto riesgo sin las herramientas adecuadas, exponiéndose a que la corriente se los llevara. Al tirarse ella al agua corría el peligro de encontrar animales peligrosos que la pudieran morder, como víboras y cocodrilos y además también podría enredarse en las ramas de los árboles y ahogarse.

Finalmente, María y su hijo lograron su objetivo, encontrar al muchacho. Lo llevaron al Rancho y lo entregaron a las autoridades. Aunque el cuerpo ya estaba en estado de descomposición, aun así se le dio cristiana sepultura. Enseguida las autoridades de aquel lugar se comunicaron con los padres del muchacho, porque ya se habían ido para su pueblo, decepcionados porque no habían logrado encontrar a su hijo. Al recibir los padres del muchacho la noticia de que ya habían encontrado a su hijo, pronto se fueron a recoger el cuerpo ya sin vida de su hijo. Los papás del muchacho le dieron las gracias a María por el acto tan grande que había hecho, ellos trasladaron el cuerpo a Guadalajara para sepultar a su hijo y después de un mes de sepultado el muchacho, los papás regresaron a El Guayabo para agradecerle a María y a su hijo la hazaña tan grande que ellos habían hecho con su hijo. Le obsequiaron a María una cantidad grande de dinero y un pequeño barco para que ella continuara trabajando en su tierra y de esa forma ella pudiera trasladarse para cruzar el río de forma más segura y cómoda.

Sacrificios por sus hijos

Todos los sufrimientos que María pasó, soportó y luchó, fueron por amor a sus hijos, por tenerles un padre a su lado y que no crecieran solos, sin la figura paterna, así es que ella no tuvo otra opción más que aguantar. En esa época la mujer no era independiente y dependía mucho del hombre para poder sobrevivir. Desgraciadamente ellas tenían que soportar muchas injusticias, por ejemplo: golpes, infidelidades, celos y carecer de muchas cosas básicas como comida, medicinas y ropa. También la mayoría de los hombres en esa época de los años mil novecientos treinta, no dejaban salir a las mujeres solas a la calle, siempre las tenían encerradas, mal comidas y mal vestidas y hasta enfermas. Por esa razón María es una persona admirable que supo sobrevivir y luchar por sus hijos contra viento y marea y a pesar de que en aquella época la mujer no podía salir, ella salía a trabajar como podía, enfrentando críticas de la sociedad.

Bondades de María

Una vez llegó a la casa de María un primo de su esposo. Él iba huyendo de la justicia porque lo acusaban de haber robado un ganado y María lo recibió en su casa para esconderlo y darle alojo. Ella se exponía a el peligro con las autoridades o con algunos enemigos de ese hombre. María no se daba cuenta en realidad, porque ese hombre iba huyendo de las autoridades, pero por su gran corazón lo dejó quedarse en su casa por tres meses, mientras el gobierno dejaba de buscarlo. Durante ese tiempo María lo alimentaba y lo atendía, ella no media las consecuencias con tal de ayudar a la gente. Llegó el día en el que el señor Doroteo decidió mudarse de la casa de María y le dio a María las gracias por haberlo ayudado. Cuando el señor Doroteo se fue de la casa de María, ella le regaló un caballo para que se fuera a su casa porque había unos 50 kilómetros de distancia del rancho de María al rancho de Doroteo. María le recomendó a Doroteo que se cuidara mucho y él le dijo que sí, dándole las gracias nuevamente y se fue muy contento en su caballo.

Durante el tiempo que Doroteo estuvo en la casa de María, aparte de que lo hospedó en su casa, todavía lo cuido cuando él estuvo enfermo de una fiebre. Él se enfermó a los pocos días de que llegó a la casa de Maria, por esa razón ella lo cuidó mucho aunque sabía del peligro que ella y su familia corrían, porque si el gobierno llegaba y lo encontraban en su casa , podían llevársela presa; pero aun así se arriesgaba al tener ese hombre en su casa únicamente por hacer la caridad con él. A pesar de que sus familiares y vecinos le decían que era muy peligroso que ella lo tuviera en su casa, ella ignoraba a la gente y hacía lo que le dictaba su corazón. Ella le decía a su familia y a sus vecinos que no podía desamparar a Doroteo, porque si un hijo suyo pasara por la misma situación, a ella le gustaría que lo ayudaran.

María entre la guerra en el agua

Una vez María fue con una de sus hermanas, la más bonita, a bañarse al río y cuando se estaban bañando de pronto apareció un hombre que quería robarse a su hermana. El hombre entró al río y empezó a perseguir a su hermana y María agarró unas ramas secas que flotaban en el agua y se las aventó al hombre en la cara para distraerlo y en ese momento le dijo a su hermana que nadara hacia el otro lado del río y las dos empezaron a nadar lo más rápido que podían. El hombre, como no sabía nadar, no las pudo perseguir. También, al momento en que María le aventó las ramas en la cara, le lastimó los ojos y como le dolían, tardó un rato en esperar que se le desaparecieran las molestias de las ramas y del agua que le había caído adentro. De esa forma ellas lograron escapar y así María impidió que el hombre se robara a su hermana Camila. Ellas lograron cruzar el río de un extremo a otro y cuando llegaron a tierra firme, María le gritó al hombre que no estaba bien lo que trató de hacer, que le iban a decir a su padre para que él lo golpeara o lo denunciara a las autoridades. Él le dijo a María que quería a su hermana y Camila también lo insultó y le gritó y le dijo que ella no lo quería. El hombre le dijo que la quería para casarse con ella y Camila le gritaba: «¡Yo no te quiero!». El hombre enseguida tomó una canoa que estaba en la orilla del río atada a un árbol, era de unos pescadores y la tomó para cruzar el río. Ellas, asustadas al ver a el hombre que las iba a perseguir, corrieron para alejarse de la orilla del río para que cuando el hombre llegara al otro lado del río, no pudiera encontrarlas. Ellas corrieron como cuatro kilómetros para esconderse en una parcela que tenía plantas de maíz y como la planta ya estaba grande, se pudieron esconder muy bien y el hombre no las pudo encontrar. Después de que ellas vieron que el hombre se alejó, emprendieron el camino a su casa. Ya era tarde porque les tomó tiempo caminar y también esperaron un rato escondidas para que el hombre no las encontrara, hasta que se alejara lo más posible del lugar. Ya cuando ellas iban de regreso a su casa, estaban asustadas porque pensaron que su padre y el esposo de María estarían preocupados. Llegaron a su casa y le contaron a su padre lo que les había sucedido y su padre se enojó mucho y fue a buscar al hombre para matarlo, pero para fortuna del hombre, no lo encontró. Él huyó del rancho por temor a que el padre de María lo matara. Gracias al valor de María, su hermana pudo escapar de las malas intenciones de aquel hombre y también lo que les ayudó fue que ellas sabían nadar.

María tenía mucho valor para enfrentar diferentes situaciones. Su padre la admiraba mucho porque una vez, gracias a ella, su padre pudo salvarse de morir. María, aun después de casada, acompañaba a su padre a trabajar al campo. Cuando tenía mucho trabajo, ella iba con él a ayudarlo. Una vez de las tantas en que María salía a trabajar con su padre, cuando estaban sembrando maíz llegaron unos hombres de un rancho vecino a decirle a su padre que le iban a quitar la parcela que él estaba sembrando, la cual él la había obtenido con muchos sacrificios. Su padre les dijo que no les daría nada y ellos enojados sacaron unos rifles y lo amenazaron con ellos apuntándole en dirección a su pecho. Como su padre siempre llevaba tres perros muy bravos para que los acompañaran, María les hizo una señal a los perros y ellos se lanzaron sobre los hombres. En ese momento María y su padre agarraron los rifles que los hombres tenían porque al morderlos los perros, ya no pudieron sostenerlos. Los tiraron al piso y María y su padre tomaron un rifle cada uno y apuntaron a los hombres con ellos. Los hombres heridos de las mordidas de los perros y asustados les pidieron que por favor que no los mataran, que ellos se irían y que jamás los volverían a molestar. María, muy valiente, les dijo a los perros que pararan, les habló fuerte y los perros dejaron de morderlos. Entonces María les dijo a los hombres que se fueran si no querían que los matara y los hombres asustados se fueron corriendo. Su padre también les dijo lo mismo y María les repitió que se fueran y nunca más volvieran a molestarlos. Los hombres montaron en sus caballos para alejarse del lugar lo más rápido que pudieron, medio heridos por las mordidas que les habían dado los perros. Cuando ellos empezaron a correr, María les gritó que no les entregarían las tierras, que si volvían a molestarlos los denunciarían a las autoridades y que los pondrían en prisión o que, si las autoridades no hacían nada, ella y su padre los matarían. Después de tan desagradable escena, María y su padre continuaron trabajando. Su padre le dio las gracias porque ella tuvo la astucia y el valor de hacerles la señal a los perros para que mordieran a los hombres y María le contestó que el valor que ella tenía lo había heredado de él, que al igual ella también lo admiraba mucho por trabajador, honrado y valiente, que se sentía muy orgullosa de él porque también había sido un hombre que formó parte de la Revolución Mexicana en los años de 1910. María le dijo a su padre que no cualquier persona tenía el valor para ayudar al gobierno durante la Revolución Mexicana. Ella le dijo que era un hombre honorable.

A punto de dar a luz

La fuerza física y mental de María era increíble, ella hacia trabajos pesados desde muy pequeña y también, aun cuando ella estaba embarazada, molía el maíz para hacer tortillas en un metate (herramienta echa de piedra), que se usaba para moler el maíz y hacer tortillas. Este instrumento tenía una piedra larga que la pasaban por sobre el maíz con fuerza y lo molía y se hacia la masa. Ella hacía el trabajo de la casa y del campo normalmente, hasta el último día en que daba a luz a sus bebés; aunque María, aun con los dolores de parto, el mismo día todavía molía el maíz y hacia tortillas para toda la familia.

Compasión de María con las personas desamparadas de la calle

Una vez María fue al pueblo de La Piedad, Michoacán, a comprar una medicina para uno de sus niños que estaba enfermo y al ir caminando por la calle, vio a un señor que estaba sentado en el piso pidiendo limosna. Cuando María lo vio y se dio cuenta de que él no tenía pies y que era ciego, le dio mucha tristeza, se le acercó y le dio una parte del dinero que ella llevaba para comprar la medicina de su niño; a ella no le importó quedarse con la cantidad incompleta para comprar la medicina de su niño. Después de que ella le dio el dinero al señor, continuó su camino y levantó la cara al cielo y dijo: «Dios mío, ayúdame» persinándose al momento y al caminar unos cuantos pasos, observó una cantidad de dinero enfrente de ella, como a tres metros. Entonces lo recogió e inmediatamente le dio gracias a Dios por que ella pensó que Dios le hizo el milagro porque ella ayudó a una persona necesitada y con necesidades especiales. Enseguida fue y compró la medicina y le sobró dinero para comprarle comida a sus hijos. Después fue a la iglesia a darle gracias a Dios por el milagro tan grande que Él le hizo al encontrar el dinero en la calle. Ella estaba segura de que Dios la había recompensado por que hizo la obra de caridad dándole dinero a el señor limosnero que encontró en la calle. Cuando ella iba caminando por la calle en el mismo pueblo de La Piedad, Michoacán, encontró a una sobrina suya, la vio que estaba asustada y le preguntó que qué le pasaba y ella le dijo que un asaltante la había robado. Inmediatamente ella corrió tras él y como ella era muy activa corría muy rápido. Al estar persiguiéndolo, el señor soltó la cartera de la señora para que María dejara de perseguirlo. Inmediatamente María tomó la cartera y regresó para entregársela a su sobrina. La sobrina se puso muy contenta y le dijo a María que gracias a ella había recuperado su cartera con el dinero. María acompañó a la muchacha hasta su casa para cuidarla del hombre ratero y al llegar a dejar a su sobrina en su casa, la mamá de la muchacha las recibió y María y la muchacha le contaron lo sucedido y la mamá de la muchacha, de nombre Chepina , le dio las gracias a María por haber ayudado a su hija a rescatar su cartera y por acompañarla hasta su casa; Chepina le dijo a María que la admiraba mucho por su bondad y valentía y que por eso todas las personas de la comunidad la querían mucho.

Conclusión

Todos los sacrificios que María hizo fueron por amor a sus hijos. Esta historia nos enseña que la familia es el valor principal de nuestras vidas y que no tiene precio. Por esa razón María nos demuestra que nunca hay que darnos por vencidos y que luchemos contra viento y marea por seguir adelante por nuestra familia y para darles cariño, comprensión y amor. Esta historia también nos da a entender que debemos de cuidar y dar amor y ayudar al prójimo, así como Dios nos enseñó. Como María tenía mucha fe en Dios, ella decía que Dios la ayudaba mucho recompensándola con su buena salud y la de su familia. Ella para todo lo que hacía, siempre decía: «Primero Dios» y esa fe tan grande que tenía en Dios la ayudaba mucho a superar tantas tragedias que ella pasó en su vida.